WILHELM BRUNERS

BEI ZEITEN

Gedichte und Kurzgeschichten

Tyrolia-Verlag · Innsbruck-Wien

Inhaltsverzeichnis

Vorwort

Liebe Leserin, lieber Leser!

Die Zeit, die ist ein sonderbar Ding …
Allein man muss sich auch vor ihr nicht fürchten,
Auch sie ist ein Geschöpf des Vaters,
der uns alle geschaffen hat.

So lässt Hugo von Hofmannsthal in der Oper „Der Rosenkavalier“ von Richard Strauss die Marschallin singen. Aber das Rätselhafte und Widersprüchliche der Zeit hat wie kein anderer der biblische Aphoristiker und Dichter, der Kohelet, in einen wunderbaren Text gefasst. Er soll die „Zeitreise“ der folgenden Gedichte und Erzählungen eröffnen.

Alles hat seine Stunde.
Für jedes Geschehen unter dem Himmel gibt es eine bestimmte Zeit:
eine Zeit zum Gebären und eine Zeit zum Sterben, eine Zeit zum Pflanzen und eine Zeit zum Ausreißen der Pflanzen, eine Zeit zum Töten und eine Zeit zum Heilen, eine Zeit zum Niederreißen und eine Zeit zum Bauen, eine Zeit zum Weinen und eine Zeit zum Lachen, eine Zeit für die Klage und eine Zeit für den Tanz;
eine Zeit zum Steinewerfen und eine Zeit zum Steinesammeln, eine Zeit zum Umarmen und eine Zeit, die Umarmung zu lösen, eine Zeit zum Suchen und eine Zeit zum Verlieren, eine Zeit zum Behalten und eine Zeit zum Wegwerfen, eine Zeit zum Zerreißen und eine Zeit zum Zusammennähen, eine Zeit zum Schweigen und eine Zeit zum Reden, eine Zeit zum Lieben und eine Zeit zum Hassen, eine Zeit für den Krieg und eine Zeit für den Frieden.

Kohelet 3, 1–8

Pfingsten 2023

Warum Gott die Zeit nachträglich erschuf

Eine von der Bibel inspirierte Legende erzählt, dass die Zeit, diese unaufhaltsame Uhr allen Lebens, das größte Geschenk des Schöpfers in unsere Tag- und Nachtwelt gebracht hat.

Als der Mensch aus dem Paradies seines Ursprungs vertrieben wurde (vielleicht war er auch daraus geflüchtet, weil der glückliche Zustand jede Entwicklung verhinderte), da war die Zeit noch nicht geschaffen. Der Mensch und die ganze Schöpfung waren im Paradies vom Schöpfer mit Ewigkeit ausgestattet, weil der Ewige und sein Geschöpf, der Mensch, den Tod, ein Ende, nicht kannten. Jetzt aber, außerhalb des Paradieses, da, wo dem Menschen Dornen und Disteln wuchsen, wo er im Schweiße seines Angesichtes sein Brot essen musste, wurde die Ewigkeit zur Hölle. Wurden Mensch, Tier oder Pflanzen krank, blieben sie es eine ganze Ewigkeit. Verlor der Mensch seine Beherrschung, verlor er sie eine ganze Ewigkeit. Gerieten Menschen in Streit, waren sie damit bestraft, eine ganze Ewigkeit zu streiten. Das Leben wurde immer chaotischer. Diesem Chaos aber haftete Ewigkeit an. Sogar der Schöpfer, der sich entschlossen hatte, dem Menschen und seiner ganzen Schöpfung auch außerhalb des Paradieses nahe zu sein, erlebte jetzt selbst die Konsequenzen, die das Exil so hart machten. Als er aber ahnte, wohin das alles führte, und als er die vielen Klagen der Menschen hörte, die immer lauter wurden und zum Geschrei in seinen Ohren anschwollen, da rührte ihn sein Erbarmen. Und nachdem er sich den Rat der Engel, die die Menschen in dieser Welt begleiten, eingeholt hatte, entschloss er sich, nachträglich der Welt die Zeit einzuschaffen, damit in ihr nichts mehr zeitlos ewig sein konnte. Er schuf Anfang und Ende, er schuf Vergangenheit, Gegenwart und Zukunft. Das heißt, er schuf eigentlich nur Vergangenheit und Zukunft. Die Gegenwart war nicht mehr als der Hauch des Mundes, wenn die Vergangenheit in die Zukunft überführt wurde. Wie ein Netz legte die göttliche Weisheit die Zeit über die ganze Schöpfung. Und nichts Geschaffenes lebte mehr außerhalb der Zeit. Alles und alle hatten einen Anfang und hatten ein Ende. Wurden Menschen von Krankheit befallen, wussten sie, dass die Krankheit auch ein Ende hatte. Damit wusste der Mensch aber auch, dass seine Glücksgefühle nicht mehr von ewiger Dauer sein konnten, sondern immer neu in der Zukunft errungen werden mussten. Das war der Preis für das Geschenk der Zeit, die alles und alle von der Ewigkeit erlöste und allem eine zeitliche Grenze setzte – vor allem Kriegen, Ungerechtigkeiten und Krankheiten.

So ist das Geschenk der Zeit die größte Gnade des Schöpfers geworden, die er seiner Schöpfung außerhalb des Paradieses noch dazugeschaffen hat – vor allem aber seinem Liebling, dem Menschen, der über all das nachdenken kann. Erst wenn der Schöpfer mit dem Menschen die Zeit in dieser Welt vollendet hat, betreten beide mit einer erneuerten Schöpfung wieder die Ewigkeit, in der die Zeit für immer draußen bleiben muss. Denn Krieg, Krankheit, Ungerechtigkeit und Tod haben in der neuen Welt Gottes keinen Platz mehr. Von Gott und der erneuerten Schöpfung abgeschnitten, sind sie vergangen. Aber auch die Zeit gibt es nicht mehr. Die erneuerte Welt Gottes ist zeitlos vollendet.

Zeit der Fülle

Blick in die Psalmen

Dein Wort ist meinem Fuß eine Leuchte, ein Licht für meine Pfade. Ps 119,105

ICH BIN DA
DIESES DEIN WORT
schon am Morgen

Der Tag bekommt
von Anfang an
eine andere Farbe
auch wenn dunkle Wolken
die gute Wetterfront ablösen
und ein Sturmtief die Kirche
fest im Griff hat

DEIN WORT
ICH BIN DA
spricht sich uns zu
macht unseren
getrübten Blick hell

ich sehe Leben
ich sehe Zukunft

Abrahams Lüge

als terach seinen sohn abraham nach den von
ihm in abwesenheit des vaters zertrümmerten
hausgöttern befragte, log dieser ihn an
und sagte, das habe der stärkste unter den
hausgöttern getan
aber auch terach hatte abraham belogen, als er
ihn zum hüter der götzen machte, denn auch er
glaubte nicht an die kraft der statuen wie er ab-
raham zugeben musste*
lerne daraus, dass du die götzen der mütter und
väter zerschlagen musst, damit auch die väter
und mütter dir ehrlich ihren unglauben
eingestehen

*„Doch wäre dies tatsächlich der Beginn einer
neuen Religion.“***

* *midrasch genesis rabba 38,13, in: Jehuda Amichai, Offen Verschlossen Offen, Gedichte, Berlin 2020, 111.*

** *Jehuda Amichai, a. a. O., 45.*

Jakob*

gegen mauern rennen
die trompeten blasen
und trommeln
bis die fäuste brennen

stürzt die mauer ein

gegen den strom schwimmen
die wellen teilen
hindurchziehen
bis die feuersäule flammt

bleibt der strom stehen

gegen den himmel klagen
die hände erheben
und schreien
bis die zunge klebt

regnet der himmel manna

mit dem engel ringen
die hüfte hinhalten
standhalten
bis die sonne aufgeht

segnet der engel

* *Der Text hieß ursprünglich „gegen den engel kämpfen ...“, in: Wilhelm Bruners, Senfkorn Mensch, Düsseldorf 1986, 13.*

Elija

sein sieg ist total:
die priester des baal
ausgerottet. tot
adonais name beschädigt
das volk in die irre geführt
niedergeschlagen er
geflohen in die wüste

unter einem ginsterstrauch
vorübergehend ruhe
bis ihn ein engel weckt
mit brot und wasser

seitdem ist alles vorläufig
die feuer sind vorläufig
die stürme, die beben
großinszenierungen
der vergangenheit
im kinderzimmer der religion
alles ist vorläufig

dann am horeb die stimme
eines unhörbaren lautes
ein unhörbarer atem
und wieder die frage:
was suchst du hier elija

mit dieser frage macht sich
der prophet auf den weg nach
damaskus zum feindlichen könig

1 Kön 18f

Zwölf Meditationen zum Markusevangelium

1

Johannes der Täufer

Flammen aus seinem Mund
treiben die Glut der Thora
zurück in gefrorene Herzen
Alle erstarrte Gottesrede
taut auf im Feuer der Umkehr

Die Wasser des Jordan spülen
die Reste dunkler Abergeister
aus furchtsamen Seelen und
legen den Ruf nach dem Messias
in Gottes geöffnetes Herzohr

Mk 1,1–8

2
Heilung des Gelähmten

Vier Männer gefunden
die des Gelähmten Last heben
die ihn tragen ausgeliefert
den Augen der Andrängenden
ausgeliefert Seinem Blick
wartend auf Sein Wort
Sein forderndes
Sein barmherziges

Sein lösendes Urteil
Sein aufrichtendes
in des Gelähmten
Unbeweglichkeit:
Sei nicht weiter Last
für andere. Trage fort
was dich bisher getragen

Geh den Weg ins Leben
sündenfrei. Aufrecht

Mk 2,1–12

3

Levi

Der Tag beginnt wie jeder andere
er öffnet die Zollstation
er schiebt den Tisch nach vorne
er zählt das Wechselgeld
er bittet die Leute zur Kasse
er schaut ihnen nicht
in die Augen

Hintereinander treten sie vor
auch der Eine, der Fremde
deine Hände sagt der
können mehr als Geld zählen

Beim Mahl
schenken sie Wein ein
brechen sie Brot
zerreißen sie alte Rechnungen
ist er wahrhaft Levit

Beim Mahl blickt er allen
in die Augen. Offen

Mk 2,13–17

4

Saat-Gleichnis

Auch der Weg empfängt das Wort
auch der Fels auch die Dornen
Das Wort löst sich nicht auf
Es trifft wen es treffen will
Es schreibt sich ein
in unsichtbare Risse
in stumme ungehörte Schreie
Es wartet auf seine Stunde

In fruchtbaren Feldern
über die das Licht kommt
und der Winterregen fällt
blüht es auf und wächst
damit eine neue Welt entsteht
in der auch in den Dornen
Gott in seiner Feuerliebe
erkannt und besungen wird

Mk 4,1–34

5

Berührt

Ihm war die Spucke weggeblieben
und das Ohr verwelkt
ins Schweigen hatte er
die Flucht ergriffen ins Stumme
So rettete er sein Leben
vor Übergriffen und Missbrauch
durch Gewalttäter

Die Rückkehr ins Leben
feiert er mit dem Betenden
der ihm den Glauben
an den Himmel zurückgibt
der seine Sinne wieder öffnet
für die Stimme der Preisung
und für Worte die halten
was sie versprechen

Mk 7,31–37

6

Zweifel

Dunkelseite des Glaubens
Nebeneinander von
Hoffnung und Frage
und immer die eine

Wer bin ich

für andere für euch
mehr noch aber für den
der mich gerufen
ins Fest des Lebens

Am Ende Licht und Wolke
und das Wort tief ersehnt
Stimme von oben
Stimme des Anfangs

Geliebt

Das notwendige LichtWort
in der Dunkelkammer
immer bedrohten Lebens

Mk 8,27 – 9,10

7

Vom zornigen Himmel

Das Wort vom Gericht
auch davon ist die Rede
vom zornigen Himmel
der selbst noch die Toten
in die Verantwortung ruft
Und die Ausrede
nichts gewusst zu haben
nicht gelten lässt

Messerscharf das Wort
vom Wachen und Beten
für die Nacht der Entscheidung
damit keiner verschläft
oder beim Aufwachen
aus allen Wolken fällt

Beim Spruch des Richters
dennoch die Hoffnung
dass der Platz am Tisch
nicht verweigert wird
den keiner verdient hat

Mk 13

8

Begegnung am Opferstock

I

Die Witwe schüttet
glühende Kohlen
auf das Haupt
des Allmächtigen

Er hat sie nicht
bevorzugt
weißgottnicht

aber sie hat sich
nie an ihm gerächt
sie kam und opferte

trotzdem

II

Gebückt geht sie
sie schaut nicht auf
Gottessohn oder
Menschensohn
sie hat keinen
Blick für ihn

Die Großherzigkeit
liegt in ihrer Hand
die lässt los. gibt

gibt alles
nur EINER sieht
erschrickt und weiß

ER ist gemeint

Mk 12,41–44

9

Letztes Mahl

Sie wollten es nicht glauben
auch später nicht
als alles überstanden
nur daran erinnerten sie sich
die Art wie ER das Brot brach
und den Kelch reichte
wie ER zuvor den Segen sprach
mit uralten Worten der Tradition
und wie ER sich selbst dabei
ins Spiel brachte ins heilige
das konnten sie nicht mehr
vergessen

und immer wenn sie taten wie ER
war ER in ihnen und sie in IHM

Mk 14,17–25

10

Gotteslästerung

Gott
wie leicht dieses Wort
wie schwer ausgesprochen
und gebraucht
verschwiegen und
missbraucht

Nur wer den Menschen
mit Gott neu erfindet
und ihn mit Himmel
in Verbindung bringt
darf ins Wort fallen

Auch wenn Priester
des Menschen Sohn
der Blasphemie zeihen
und seinen Tod fordern
der Rabbi bleibt dabei:

Israels Gott
eignet sich nicht
für Leichenreden
oder Totenkulte

Mk 14,53–65

11

Frauen auf dem Weg zum Grab

Um ihre gekreuzigte Hoffnung
zu salben, damit der Fall nicht
zum Himmel stinkt ...

Arm in Arm schleichen sie
zum Gartenstein
hinter dem sie den Tod fürchten

Aber der offene Fels
treibt ihre Trauer ins Leben

Im Schatten der Zweifel
bleibt eine offene Wunde
die sich nicht mehr schließt

Sprachlos hören sie
vor Aufgang der Sonne:

Er geht euch voraus
mitten in euer Leben
dort wo die Sonne aufgeht
und auch das Dunkel seine Zeit hat
da nur
werdet ihr ihn finden

Mk 16,1–8

12

Markus

Wann immer sie ihn fragen
wann endlich ER komme
und vollende was unvollendet
beginnt er zu erzählen

Wie ein Steinmetz
machtvoll wegschlägt
was der Stein verbirgt
so schlägt er aus der Fülle
der Geschichten der vielen
die eine scharfkantige
die Lügen straft alle
die von IHM reden
wie von einem marmorkalten KaiserGott

Hastig erzählt er
wie ein Kind redet er:
und dann geschah das
und dann geschah das
und dann das
ganz außer Atem kommt er
wenn er erzählt von IHM
Es gibt für ihn nichts
Wichtigeres zu sagen

Er spricht von IHM
voll Geist und Feuer
von seinen Gottreden

von seinen Versuchungen
von seinem Zorn spricht er
und seinen Berührungen ...
auch vom Widerstand
und Unverständnis
seiner Familie und Jünger
und wie der Rabbi lernt
auch von Frauen lernt

Verlassen lässt er IHN sterben
mit einem GottSchrei
im durchgebeteten

WARUM

Ans Kreuz genagelt findet es
keine Antwort bis heute nicht
denn auch das leere Grab
ist kein Beweis

Außerhalb von Tod und Grab
und weit entfernt von
frommer Überzeugung
lässt ER sich finden lebendig
im Endlos des Alltäglichen

Nichts spart der Erzähler aus
was menschlich ist an IHM

Dem Gottsohn
Dem Geliebten

Ich bin der gute Hirt

Den Titel König mied er
er wollte keine Länder
erobern und Kriege führen

Gott und sich liebte er
im Bild des Hirten

Als er vor den Jüngern
kniet und ihre Füße wäscht
legt er alle Titel ab

Der Hirte beugt sich
über den Staub der Erde
und beatmet den Lehm

Damit beginnt
die Auferstehung
der Toten

Joh 10; 13,4–11

Die von Magdala

noch jahre danach konnte sie
die stimme nicht vergessen
mit der ER ihren namen gerufen

und überall
wo sie sich daran erinnerte
war sie wieder im garten
und sah den gärtner
und sah IHN und wusste
wie es gewesen war
im garten des schöpfers
als GOTT den lehm anhauchte
und der mensch ward

sie hatte das bild immer vor augen
hatte den ruf immer im ohr

auch wenn sie nichts mitnahm
von dieser lehmigen erde
dieser ruf und dieses bild
würden nie in ihr sterben

sie würde ruf und bild retten
über den tod hinaus

Sieben Bilder der Offenbarung: Der neue Himmel, die neue Erde

1

Briefe

Wer Ohren hat, der höre, was der Geist den Gemeinden sagt. Offb 3,22

Er sah, was andere nicht sehen wollten:
Den Niedergang der siebenbergigen Macht
Im Alpha und Omega verbrannte der Götze

Das vorletzte Bild: Der Kampf mit dem Tier
dem Kaiser. Eine untergehende Sonne
Noch stand der Leuchtturm und lockte
die reich beladenen Schiffe in den Abgrund
verschlingend die Henker und ihre Diener

In der Höhe sah er das andere Tier:
Das Lamm. Wie geschlachtet
Offenbarend die Lüge der Gewalt
richtend die Geschichte der Täter

Der Seher, fern auf Patmos
und fern den Gemeinden,
schrieb sich seinen Zorn von der Seele
Er ließ in wütenden Visionen das römische Tier
im Feuersee verbrennen und warnte mit
Posaunenstimme die siebenfach Gefährdeten
vor Anpassung. Er erinnerte sorgenvoll
die sieben Leuchter an ihre erste Liebe
die im Zeichen des römischen Adlers erkaltete

Das geschaute Lichtbild am Schluss
Geschenk nach Kampf und Ausdauer:
Der neue Himmel. Die neue Erde
Und endgültig Gott und sein Mensch

Priesterlich Königlich Prophetisch

2

Siegertier

Da sagte einer von den Ältesten zu mir: Weine nicht! Siehe, gesiegt hat der Löwe aus dem Stamm Juda, der Spross aus der Wurzel Davids; er kann das Buch und seine sieben Siegel öffnen. Offb 5,5

Sie erwarteten den Löwen
altes Symbol tierischer Kraft
Sie sahen ihn kommen
auf der Höhe der Macht
Sie fühlten sich mit ihm stark
wie einst David. Der Hirte

Sie sahen ihn siegen
gegen die römische Wölfin
Sie hassten das lästige Joch
das sie seit langem beugte
Ihr Mund war voll Jubel
über einen lichten Gottsieg
den sie schon vor sich sahen

Auf den Löwen warten wir
immer noch. Der Mensch
bleibt dem Menschen ein Wolf
Erfahrung im Feuer bis heute:
grausame Herrscher und Waffen
und kein Ende in Sicht

Allein der Blick in die Tiefe
den freien Himmel, die freie Erde
das unzerstörbare Geschenk
angemessene Hoffnung
im Zeichen des Lammes

3

Wie geschlachtet

Und ich sah: Zwischen dem Thron und den vier Lebewesen und mitten unter den Ältesten stand ein Lamm; es sah aus wie geschlachtet. Offb 5,6

Hinter den Wolken erscheint
was nur Sehern sichtbar:

Das Lamm. Wie geschlachtet

Abschied von Sieg und Triumph
Doch der fällt schwer, schwerer noch
die eigene Schwäche zu tragen
die sich auf schmale Schultern legt
und für alles blind macht
auch für Tage des Lichts

Die Erinnerung an David
den König, rettet auch nicht
denn mit dem Schwert des Goliath
in seiner Hand ist er wie andere:
Gewalt um den Preis vieler Toter
und immer neue Friedenslügen

Zerstör die Rede von der Befriedung
und erzähl die andere Geschichte
von der Auferstehung der Opfer

4

Gegenbilder

Und du hast sie [Menschen aus allen Völkern] für unsern Gott / zu einem Königreich und zu Priestern gemacht; / und sie werden auf der Erde herrschen.
Offb 5,10

Im hohen Hintergrund hebt sich das Dunkel
und zeigt andere Bilder, weite Räume

Wer ist wert, zu öffnen das Buch
und seine Siegel zu lösen?

Lichtland fällt uns in die Augen
Musikwind singt uns ins Ohr
Die kosmischen Räume feiern
die Liturgie der Weisheit und
des durchtränten Lebens
Zerbrochene Grabsteine
säumen den Weg und erinnern
an Vergessene, an Opfer der Tiere
der wilden und blutigen
Alle sind eingeladen zum Fest
im Zeichen des Lammes

Nur dort ist ein Ende der Unterwelt
deren Dunkelheit uns gefangen hält
Doch ehe wir das Lichtland betreten
werden wir neu für die Liebe gesalbt
deren Zeichen wir verlernt haben
in lärmenden Sterbensworten

5

Apokalyptische Reiter

Da sah ich und siehe, ein weißes Pferd; und der auf ihm saß, hatte einen Bogen. Offb 6,2

Jeder Schrecken übertrifft den anderen

Bei ihren *fahlgrünen* Nachtflügen
überziehen sie das Land mit Blut und Schwert
damit wir schlafend nicht zur Ruhe kommen
und blutgewöhnt ihr dunkles Werk vollenden
als hätten wir keine andere Wahl

Wir sind Mitwisser der großen Verbrechen
an Frauen und Kindern, die mit leeren Augen
auf die Teller der Reichen schauen. Sprachlos
ohne Widerstand gegen ungerechte Verteilung
der zuvor geraubten Güter und Bodenschätze
Aber was nützt der Protest, wenn keiner
die Rede hören will vom Klassenunterschied
der an jeder Ecke zum Greifen nah

Entlarvend die hilflosen Entschuldigungen
für die eigene Feigheit und Untätigkeit

6

Sturz des Anklägers

Er wurde gestürzt, der große Drache, die alte Schlange, die Teufel oder Satan heißt und die ganze Welt verführt; der Drache wurde auf die Erde gestürzt und mit ihm wurden seine Engel hinabgeworfen. Offb 12,9

Die Erde flucht. Sie ahnt seine drohende Last
Jetzt tobt er in alle Himmelsrichtungen
Seine Feuer treiben Menschen in Kriege
Die Toten verscharrt unter falscher Anklage
in faulendem Geschichtsboden als wären sie
herrenloses Strandgut im Wechsel der Zeiten

Warte auf die Morgenzeitungen. Die täglichen
Sie führen die Sünder vor. Schriftlich. Mit Bild
bad news are good news
Von der ersten bis zur letzten Seite kaum Gnade
Auch nicht zwischen den Zeilen

Aber keiner soll sich auf den Himmel
berufen und seine strafende Moral
denn den Platz des Anklägers
sagt der Seher, hat das Kind besetzt
Das entrückte Kind. Das gerettete

Es spricht die Grammatik der Versöhnung
hineingetragen in alle Dialekte der Welt
gegen die Behauptung, der Mensch sei
nicht mehr zu retten und sei den Staub
nicht wert, aus dem er geformt

7

Gegenbewegung

Seht, die Wohnung Gottes unter den Menschen! Er wird in ihrer Mitte wohnen und sie werden sein Volk sein; und er, Gott, wird bei ihnen sein. Offb 21,3

Jesuskindchen klein, mach mein Herzchen rein, mach mein Herzchen fromm, dass ich in den Himmel komm.

Dieses Gebet lehrten sie das Kind

Später, erwachsen geworden, lernte es
aus dem alten heiligen Buch der Bücher
die absteigende Gegenbewegung:

Gott zeltet unter uns …

Und es wird kein hoher Altar mehr sein
der zu erniedrigender Gottschau zwingt
Und keine Priester, die ihn besetzen
und keine Tiere, die geschlachtet werden
Der Geruch von verbranntem Fleisch
wird nicht mehr über Menschen stehen
und das Morden wird ein Ende haben

Die Väter, weise geworden, weigern sich
ihre Kinder dem Kriegsgötzen zu opfern
und die vielfachen Wunden der Lämmer
werden keine Anklage mehr sein
sondern Bausteine des neuen Kosmos

Über den Trümmern verlogener Paradiese
wird Schweigen sein und tiefe Scham

Und SEIN NAME wird sein
KOSMISCHER TANZ

Zeit des Feierns

advent

leuchtend hell
in dunkler zeit
    die mit der angst
    geschäfte macht
    und die hoffnung
    verdunkelt

das durchlichtete
    wort
engelwort

ängste *dich nicht*

Et incarnatus est

Und das Wort ist Fleisch geworden. Joh 1,14

Der Kaiser erlässt ein Dogma

Die Ödnis schweigt
Die Sterne brennen
Die Höhle schützt
Der Futtertrog wärmt

Der Engel verkündet
das Evangelium vom
Retter Messias Herrn

Der Chor der Engel singt
Die Hirten eilen zu sehen
Die Mutter will verstehen
Der Vater lässt sich registrieren

Das Kind wird gerufen:

Jeshua

GottKind

DU
musst keine Kerzen anzünden
um die Dunkelheit zu vertreiben

DU
hörst die unhörbare Stimme
ins Licht Gerufener

DU
trägst die Last
einer Stallgeburt

DEIN Name ist
Heilkraut

weihnacht

oben ein beschwiegener gottesname
unten ein beschnittenes jüdisches kind
das himmel und erde verbindet

unter uns führt seine spur an den rand
zu menschen mit dunklen stammbäumen

doch in der tiefe jeder geschichte
ruht immer noch das unzerstörbar helle
weil gott uns mit anderen augen anschaut

Der Besitzer einer Karawanserei in Bethlehem verteidigt sich

Zunächst einmal möchte ich feststellen, dass es in Bethlehem und Umgebung keine „Hütten“ für fremdes Volk gab. Das ist das erste Lügenmärchen, das von mir erzählt wird. Ich war Besitzer einer großen Karawanserei. Ja, ich verwaltete eine ummauerte Herberge an der großen Karawanenstraße, die von Jerusalem nach Ägypten führte. Reisende konnten bei mir mit ihren Tieren und Handelswaren sicher nächtigen und sich mit Lebensmitteln versorgen. Noch einmal: Der Besitzer dieses Karawanenhofes war ich. Normalerweise fanden auch alle Unterkunft in meinem Hof und waren darin sicher vor räuberischen Überfällen, die auf Handelswegen durchaus täglich vorkommen. Denn bei vielen Reisenden gab es ja was zu holen. Vor allem bei Jerusalem-Pilgern, die mit allerlei Geschenken nach den jüdischen Festtagen im Tempel von Jerusalem wieder über Gaza nach Ägypten zogen. In Ägypten wohnten damals viele Juden.

Ich hatte die Herberge, die Karawanserei, schon vor Jahren von meinem Vater geerbt und kannte mich aus im Geschäft. Ich wusste auch schnell, was ich von den Leuten zu halten hatte, die bei mir mit ihrer Karawane übernachteten.

Manche waren sehr fordernd und traten frech auf, aber im Bezahlen waren sie sehr langsam; manche zogen einfach weiter und hinterließen einen Schuldenberg; ich sah sie nie wieder.

Und dann war da jenes Jahr, als die Römer wieder einmal eine Volkszählung und Steuerveranschlagung machten. Das taten sie immer, wenn durch die vielen Kriege, die sie ständig führten, die Kassen leer waren, oder ihnen einfach Männer fehlten, die ihre Kriege führten, damit die feine Gesellschaft in Rom mit dem Leben davonkam und sich anschließend an fremden Schätzen bereichern konnte. Roms Geld und Macht bestand damals größtenteils aus Beutegut. Also wenn Männermangel und Geldmangel herrschten, dann wurde gezählt, ob Rom sich einen Krieg leisten konnte. Uns spülte das auch etwas Geld in die Kassen, weil dieser Zensus, wie sie das nannten, am Heimatort des Mannes entrichtet werden sollte. Und da kam in Bethlehem schon einiges zusammen.

Ich erinnere mich übrigens noch genau an diese kleine Karawane mit der hochschwangeren Frau.

Doch ich bekomme heute noch die Wut, wenn man mir nachsagt, ich hätte sie abgewiesen. „Es sei kein Platz mehr in der Herberge gewesen“, ging das Gerücht. Ich hätte mich geweigert, sie aufzunehmen. Hört sich natürlich schrecklich an und eignet sich gut für das dumme Gerede von hirnlosen Menschen. Meinen guten Ruf wollten sie zerstören. Als wenn ich, der Leiter eines Karawanenhofes in Bethlehem, eine hochschwangere Frau auf die Straße schicken würde?! Die das erzählen, sind gerade die in Bethlehem gewesen, die bei Anbruch der Dunkelheit ihre Häuser verriegelt haben und sich nicht mehr sehen ließen. Die hätten keinen reingelassen, der an ihre Türe geklopft hätte. Aber nicht nur am Abend, wenn die Nacht über Bethlehem fiel, auch am Tag waren sie verschlossen und verschanzt. Meine Herberge war, so das Gerede, für viele in Bethlehem eine Spelunke des Bösen. Mir machten diese ängstlichen und feigen Lügner in Bethlehem den Vorwurf, nur des Geldes wegen würde ich ein offenes Haus für Fremde haben. Viele Fremde aber, die kamen, waren oft auf der Flucht vor Soldaten, die in römischen Diensten brutal agierten. Diese römischen Söldner und verrohten Männer nahmen sich, was sie kriegen konnten. Frauen und Kindern taten sie Gewalt an, auch wehrlose Männer brachten die Kaisertruppen um oder verschleppten sie und verkauften sie auf dem Sklavenmarkt ...

In solcher Situation und bei diesen Gefahren hätte ich nie einer schwangeren Frau einen Platz in meiner Herberge verweigert – notfalls hätte ich sie in meine eigene Wohnung aufgenommen.

Über alle, die Schlechtes von mir erzählen – das Märchen vom brutalen Hüttenwirt, der hartherzig eine junge Mutter abweist –, über sie alle komme der Teufel und treibe sie in die tiefste Wüste, wo die Dämonen über sie herfallen sollen – oder meinethalben römische Soldaten.

Nein, das Gegenteil war der Fall: Mir schien es in meinem Karawanenhof mit dem Geschrei der Menschen und Tiere viel zu laut und hektisch für eine Geburt, die offenbar kurz bevorstand. Für solche Fälle – und es war ja auch nicht zum ersten Mal, dass eine Frau in meiner Herberge entbunden hat –, für diesen Fall hatte ich eine ruhige Lösung. In der Nähe meiner Herberge besaß ich eine Höhle, in die meine Hirten die Schafe zur Nacht brachten, damit keine Hyäne und kein Wolf sie riss. In der Höhle war das Paar geschützt. Und die Tiere waren die beste Heizung. Da konnte eine Mutter unbeobachtet von Neugierigen in aller Ruhe ein Kind zur Welt bringen. Und auf meine Hirten, auf die konnte ich mich total verlassen. Die passten auf, dass sich kein Unberufener dem Höhlenstall näherte und das Wunder einer Geburt störte.

So war das auch damals mit dem jungen Paar. Ich erinnere mich genau. Der Vater war schon etwas älter. Er kam sogar aus Davids Stamm, war also mit Bethlehem und seinem berühmten König verwandt. Solche Leute lasse ich doch nicht auf der Straße stehen. Ich nicht. Tatsächlich ist das Kind noch in jener Nacht ihrer Ankunft bei mir in meinem Stall zur Welt gekommen. Ein Junge war es. Der Erstgeborene, wie mir die Leute erzählten. Sie sind dann noch einige Tage geblieben, bis die Frau sich erholt hatte. Dann sind sie, glaube ich, wieder in den Norden gezogen in einen kleinen Ort, Nazareth, der nicht sehr bekannt war. Bekannter war da schon eine Stadt, die die Römer in einer Strafaktion platt gemacht hatten: Sepphoris – in Sichtweite von Nazareth. Neun Monate später gebaren viele Frauen, die dort gewohnt und gelebt hatten, Kinder von römischen Soldaten, die über sie hergefallen waren. Diese Kinder hatten keinen Vater, denn die Soldaten kümmerten sich nicht mehr um die Frauen und zogen nach ihrem sinnlosen Zerstören wieder ab. Ob das Kind, das in meiner Höhle geboren wurde, auch durch einen Soldaten gezeugt wurde, weiß ich nicht. Natürlich habe ich den Mann aus Davids Haus, Josef, glaube ich, hieß er, nicht danach gefragt.

Aber ich möchte noch etwas zu mir sagen: Diese Unverschämtheit, aus mir einen Buhmann der Geburtsgeschichte des später berühmten

Nazareners zu machen, einen Wirt, der eine hochschwangere Frau und ihren Mann nicht aufnimmt, macht mich immer noch zornig, wenn ich daran denke. Aufgebracht haben das Menschen, die selbst keinen Fremden aufgenommen haben, weil sie sagten, dafür sei ich zuständig. Und Flüchtlinge hätten die schon gar nicht aufgenommen. Die sollten ihrer Meinung nach möglichst schnell aus Bethlehem verschwinden. Aber um eine gute Geschichte zu erzählen, braucht man einen Bösen. Und damit diese ängstlichen Schwätzer in der Stadt nicht in Verdacht gerieten, Hilfe verweigert zu haben, wurde mir sehr bald diese Hartherzigkeit angehängt. Diesen schlechten Ruf bin ich bis heute nicht losgeworden. In den Krippenspielen der Kinder wird Schlechtes über den Herbergswirt von Bethlehem gesprochen und gesungen. Das „Nein, nein, nein, ihr kommet hier nicht rein!" beleidigt mich bis heute. Ich habe übrigens später noch einen Verwandten bekommen: Judas hieß der. Genauso ein Opfer einer Lügenerzählung. Den haben sie auch in ihren Fake News, wie man heute sagt, fertig gemacht. Heute erkennen manche, welches Unrecht diesem Judas angetan wurde. Ich hoffe, dass eines Tages auch einmal mein Name reingewaschen wird. Ich heiße übrigens Jakob und stamme auch aus dem Haus Davids, bin also ein

Verwandter dieses Kindes, das da in der Nacht in meiner ruhigen Höhle geboren wurde. Das stellte sich nämlich heraus, als ich in jener Nacht nach der glücklichen Geburt mit dem Vater sprach, der sich bei mir für den warmen Stall bedankt hat.

Und ich danke Euch, dass Ihr Euch in dieser Nacht meine Verteidigung angehört habt. Denn noch nie hatte ich die Gelegenheit, darüber zu reden. Bis zu dieser Stunde!

Himmlische Biografie

Die Liebe befreite sich
aus den göttlichen Gesetzen
himmelreiner Ordnungen
fürchtete nicht das Exil
und suchte eine Bleibe
in der brüchigen Heimat
        Mensch
Hier lebt sie
uns aus dem Gesicht
        geschnitten

geistliche wintertage –
mit der weihnachtsgeschichte

I

Maria

wer das leben
    wie sie
in die welt trägt

muss vor der welt
nicht mehr die augen
    verschließen

sie ist zur mitwisserin
des himmels geworden

II

harmlos von gott zu reden
    ist gefährlich
wird schon nichts passieren
    ein großer irrtum

der in der bibel
erzählte gott
stellt seine redner bloß
verweigert jede unterschrift
unter das behauptete

und entfernt sich
in entgegengesetzter
    richtung

nach unten

III

der schnee kroch lautlos
    vom berg herunter
am abend hatte er
das bergende haus erreicht
    in dem wir uns
über das alte buch beugten
dessen bildgeschichte
von krippe und futtertrog
uns schweigen ließ

wir lasen den spott
über einen römischen
gottkaiser und
seine volkszählung
und konnten leichter
das amerikanische
wahlergebnis ertragen

winterzeit

mein blick nach draußen fällt
auf einen toten vogel
den flug gegen mein terrassenfenster
hat er nicht überlebt
im garten bekommt er ein würdiges grab
das sein gefieder schützt
sein tod beschämt mich
weil ich sein leben nicht retten konnte

es ist weihnachtszeit
auf vielen tellern eine entenbrust
die dunkle seite dieser tage
unbegreiflich die vermehrung
des todes unter völkern menschen
tieren und pflanzen …
die illusion von frieden zerschellt
wie der tote vogel an der härte des
gläsernen widerstandes

und wieder stehe ich und sehe ich
und frage mich: was blieb mir verborgen
als der schnee für tage alles zudeckte
und der welt eine weiße weste anzog

februarfrage

kaum ist das bunte laute
aus grauen straßen gekehrt
und der verordnete frohsinn
erschöpft und bettlägerig
werden wir mit gebeten
und asche bestreut
um uns zu wecken
aus dem rausch
in den wir uns gerettet
vor den nachrichten des todes

der frühling in gefrorener erde
lässt noch auf sich warten
und auch meine hoffnung
auf bessere zeiten stirbt täglich
wenn ich die zeitung öffne
und von panzerlieferungen lese
und waffenlobbyisten

wann wird es wieder grün
in sturmzerstörten wäldern
wann taut das eis und
gibt das leben frei
das zitternd wartet
wann sprengt die sonne
das verhärtete und bricht es auf

auch wenn es schmerzt

palmsonntag

kein palmzweig kann
die quadratur des kreises
herstellen
und keine angst kann
virus und krieg vertreiben
aber gegen die liebe
ist kein kraut gewachsen
ob tags ob nachts
immer stehen engel bereit
steine beiseite zu wälzen
und schleusen des lichts
in gräber zu treiben
sobald die liebe zu kurz kommt
und der tod zu mächtig wird
heben sie ihre arme
öffnen die tore des lebens
und reichen früchte der einsicht

oberammergau 2022

I

nachher waren die gespräche
stiller und nachdenklicher –
ob das kreuz den darsteller trägt
war zwischendurch die frage
sein gespielter tod wirkte echt
sein atem wurde am ende flacher
die auferstehung kam zu schnell
die abendsonne war noch nicht
untergegangen und auf einen neuen tag
deutete vorerst nichts hin
nur unser hirn wusste um das lebendige ende
weshalb wir auch beruhigt
den spielplatz verließen
später beim glas wein
fielen uns die augen zu

II

es war nur ein spiel ein großes und doch lag
im dorf auf den gesichtern ein stiller ernst
wie auf einem friedhof wenn im herbst die
gräber geschmückt sind für den besuch am
allerseelentag und das alte laub an den sommer
erinnert in dem manche noch lebten und auf
der bühne hosianna riefen
ich war zuschauer als judas nach dem strick
griff um mit seinem rabbi den freundestod zu
sterben der mit geld nicht zu bezahlen ist
es bleibt zu hoffen dass der himmel sein motiv
kannte

eli-miniert

*mein gott**
ständig im minus
meines verkopften
glaubens
ständig auf der
verlustliste
meines vertrauens
ständig zweifelnd
an der verwegenen
HOFFNUNG
DES GEKREUZIGTEN
des dich
trotz teufel und tod
LIEBENDEN

* *„eli“ heißt hebräisch „mein Gott“.*

osternacht

zwischen nacht und tag
das schmale tor
    offen

lichtraum genug
um die erinnerung
wachzuhalten an den
    der erweckt wurde
um den tod als lügner
zu entlarven

um des eigenen
    lebens willen
aufstehen und gehen

in die nacht
in die osternacht
und weiter

in den ostermorgen
in den tag

Ostern

kirche, alte mutter
eingeschrieben eine schwere geschichte
in ihr durchfurchtes und müdes gesicht
zurzeit lebt sie zwischen müllbergen
gekreuzigter vorsätze und abfallhaufen
verratener visionen ihrer gründer
empfiehlt man ihr eine feste unterkunft –
eine kathedrale einen dom – wehrt sie ab
viele ihrer kinder seien verärgert gegangen
und lebten jetzt ohne festen wohnsitz
ihr genüge auch eine GRABSTÄTTE
sagt sie aber
WEIT OFFEN

osterfreude

menschenleer
die gräber
weil der engel in sie
hineinsingt
unsterblich zart
das lied vom leben

weil dieses lied
die toten weckt und
auferstehen lässt ins

LIEBEN

vor dem aufbruch

musikalische frühlingsbetrachtung

vor meinem fenster knospen
an bäumen und sträuchern
noch sind weder blüte
noch blatt zu sehen
schwarze vögel sitzen vorerst
in a-moll auf kahlem dürrem geäst
manche note nicht größer
als ein punkt
ich erwarte den morgen
da alles leben aufbricht
und den wintertod
endgültig in c-dur
verabschiedet
und auferstehung
in unsere verstopften ohren
singt
ein thema
mit vielen variationen

coronamaske

kirchenlied hinter hellblauem mundschutz
hinter vorgehaltener maske mit worten
die gottdank im feuchten mull hängenbleiben
gottworte z. b. die von strafe singen und sünde
warum nicht endlich abschied nehmen vom
herr, ich bin nicht würdig der kleingeister
gelobt sei die selbstgenähte mundnasenmaske
die vor dem virus verstörender gottrede schützt
ohne mundschutz das hallel der befreiten singen
und erzählen und erfahren

ICH BIN DA

Pfingst-Geist . Zukunfts-Geist

Wehe uns, wenn der Himmel Ernst macht
und Feuer und glühende Kohlen auf uns
regnen lässt. Wenn unser Atem stockt,
weil Gottes Feueratem über uns kommt.
Wenn wir aus unseren Nestern geworfen
flügge werden, ob wir wollen oder nicht.
Wenn unser Sturzflug in eine Welt beginnt,
die uns dringend braucht.

Selig sind wir, wenn alles Tote
in Gottes Feuer-Geist verbrennt,
damit unsre Zukunft eine
lebendige Chance hat.

pfingsten

der geistwind weht unser gestammel
diese staubwolke in den offenen himmel

unsere sehnsucht raubt uns den atem
diesen kleinen menschlichen atem
mit dem wir das rettende wort flüstern
das sich bewährt in sturm und feuer
durch das all der zeiten das heilige wort

Immanuel

Zeit des Krieges

Der Krieg, der noch weiterging

Früher Nachmittag. Sommerliche Hitze liegt über dem Dorf. Viele der Fachwerkhäuser sind noch nicht wieder aufgebaut. In einer Nacht, kurz vor dem offiziellen Ende des Krieges, ist das Dorf durch Brandbomben zerstört worden. Nur wenige Bauernhöfe haben das Inferno überstanden. Zusammengedrängt leben Menschen im Unzerstörten. Nachbarschaftshilfe in Nachkriegszeiten. Der Onkel war gleich nach Ende des Krieges heimgekehrt. Als er vor seinem unzerstörten Hof stand, kamen ihm Tränen. Am nächsten Tag war er wieder im Stall und auf dem Feld. Das Leben ging weiter. Der Junge, der Neffe, gerade einmal fünf Jahre alt, folgte ihm auf Schritt und Tritt. Auch an diesem Tag, als der Bauer den Leiterwagen auf die Straße schiebt. Der Junge klettert hinter seinem Rücken auf die Ladefläche. Er will mit aufs Feld fahren, will beim Onkel sein. Der Onkel spricht mit ihm. Wie Männer miteinander sprechen. Nicht wie die Mutter mit ihm spricht. Oder die Tante. Oder überhaupt die Frauen. Und auch der Großvater, ein verbitterter, knorziger alter Mann. Der Junge hat Angst vor ihm. Denn er hört den Großvater, wie er der Mutter vorwirft, seine Enkel zu weichlich und zu nachsichtig zu erziehen. Die Mutter soll ihn zwingen, Milch zu trinken, die er partout nicht mag. Die Mutter zwingt ihn nicht. Nur wenn der Großvater abends von der Feldarbeit heimkommt und seine nichtverzehrten Brote auf den Tisch legt, dann mag er ihn. Der Großvater nennt die übriggebliebenen Brote „Hasenbrote" und erzählt, wie er sie einem Hasen abgejagt hat. Verrückte Vorstellung: Der alte Mann läuft im Zickzack des Hasen hinter ihm her. Der Großvater erreicht den Hasen, streut ihm Salz auf den Schwanz, der Hase lässt vor Schreck die Brote fallen, und der Großvater braucht die Brote nur aufzuheben. Jetzt liegen sie auf dem Tisch vor ihm, die „Hasenbrote". Zwei Mal innerhalb von zehn Jahren war dem Großvater die Frau gestorben und hatte ihn mit vier schon jugendlichen Kindern zurückgelassen. So hatte der Junge die Großmutter nie kennen gelernt. Bei den Großen ist er das Kind. Der große Junge vielleicht. Für den Onkel ist er schon ein Mann. Der Vater ist noch in Gefangenschaft. In England. Irgendwo. So viel weiß die Mutter von ihm, die mit ihren beiden Kindern vor gut zwei Jahren in das westfälische Dorf zu ihrem Schwiegervater gezogen war. Krieg und Bomben hatten sie aus dem Rheinland vertrieben.

Der Junge auf der Ladefläche des Wagens trägt eine kleine Tasche mit sich. In ihr sind seine Schätze, die er nie aus den Augen lässt: ein

Nagel, ein Holzstück, ein Stein mit kleinen Maserungen, ein Draht – Kostbarkeiten, um deren Wert nur er weiß. Wenn sie im Rheinland bei Fliegeralarm in den Keller fliehen mussten, diese kleinen, eiligen Fluchten ..., die Tasche hatte er nie vergessen. Jetzt hält er in der Hand noch eine kleine Schaufel, die er sorgfältig in eine Rille des Fuhrwerks ablegt. Er setzt sich und blinzelt in die Sonne. Ob die Mutter ihn mitfahren lässt? „Wir brauchen jetzt keine Angst mehr zu haben!", hatte die Mutter Tage zuvor gesagt. „Der Krieg ist zu Ende." „Wir brauchen keine Angst mehr zu haben", denkt der Junge, aber er spürt, dass das Angst-Tier noch Macht hat. Er spürt es noch in der Nähe – auch in der Nähe der Erwachsenen. Nur nicht in der Nähe des Onkels. Da hat er wirklich keine Angst mehr. Manchmal, mitten in der Nacht, wird er noch wach und glaubt die Sirene heulen zu hören. Dieser schrecklich eindringliche Ton, der einfach nicht zu überhören war. Dann will er aus dem Bett in die Kleider springen, alles über den Schlafanzug. Nur keine Zeit verlieren. Und die Tasche nicht vergessen. Hatte er sie aber in der Aufregung vergessen, betete er im Keller mit den Frauen, dass er seine Tasche wieder fand. Hoffentlich kam sie nicht unter Schutt und Asche. Der Mutter und den übrigen Erwachsenen wollte er nichts von der Angst um die Tasche erzählen. Sie hätten gelacht und sicher gesagt: Es gibt Wichtigeres als deine Tasche. Er fürchtete sich vor ihrer Abweisung und ihrem Unverständnis.

Der Onkel kommt mit den Pferden und spannt sie vor den Wagen. „So, du willst mit aufs Feld?" Der Onkel schaut ihn an. „Was sagt denn deine Mutter dazu?" Das fragt er wie nebenbei. „Hast du ihre Erlaubnis?" Der Junge nickt mutig: „Ich will dir helfen." „Ah, du willst mir helfen?" Die Stimme des Onkels hat nicht den spöttischen Unterton der übrigen Erwachsenen. „Gut, aber fragen solltest du schon", meint er, als er unter dem Bauch der Pferde wieder nach oben kommt. Er hat den Tieren das Geschirr angelegt und die Riemen festgezogen. „Hier, halt fest", sagt er und wirft dem Jungen die Zügel zu. „Bleib jetzt sitzen, ich werde für dich deine Mutter fragen. Sie wird schon nicht ‚nein' sagen." Der Junge ist erleichtert. Denn er ist nicht sicher, ob ihn die Mutter, fragte er sie, die Erlaubnis gäbe, den Nachmittag mit dem Onkel ohne ihre Aufsicht auf dem Feld zu verbringen. „Halt fest!", wiederholt der Onkel noch einmal, „aber nicht zu stramm", fügt er dann hinzu. „Ich hole die Verpflegung für den Nachmittag, damit du nicht verhungerst", er grinst und kneift einvernehmlich mit dem Auge. Dann geht er über die Straße auf sein Haus zu

– vorbei an der Schwägerin, die inzwischen ins Hoftor getreten ist. Sie wechseln kurz ein paar Worte, die der Junge aber nicht verstehen kann. Die Mutter nickt, ruft dann aber doch: „Willst du wirklich mit aufs Feld fahren?“ Der Junge zeigt auf die Zügel in seiner Hand und antwortet stolz: „Ich kann ihm helfen.“ Nun muss die Mutter lachen, geht ins Haus und bringt ihm dann noch eine Jacke, falls es später kühler wird.

Sichtlich stolz mit den Zügeln in seiner Hand sitzt der Junge auf dem Wagen. Er hat sich nach vorne geschoben und lässt die Beine herunterbaumeln. Sie reichen gerade bis zur Deichsel. Er kann sie aufsetzen, tut es aber nicht. Von seinem Platz blickt er die Dorfstraße hinunter. An manchen Stellen ist der Schutt noch nicht ganz weggeräumt. Die Straße ist eng. Schwarze, verbrannte Hauswände ragen wie Theaterkulissen gespenstig in die Luft. Und manchmal meint der Junge noch das verglühende Feuer zu riechen, die verkohlten Holzbalken, die den Brand zum Teil überstanden haben. Er denkt daran, dass das Dorf in einer einzigen Nacht im Feuer nahezu ausgelöscht worden ist. Die Mutter war mit ihm und seinem kleinen Bruder, mit anderen Frauen und Kindern und einigen alten Männern, die noch im Dorf waren, in den Kirchenkeller geflohen. Dort glaubten sie sich einigermaßen sicher, denn die Flieger rasten in der Nacht einige Male über das Dorf hinweg und warfen ihre tödliche Last auf die Häuser. In das Rosenkranzgebet der Frauen hatte er geschrien: „Jetzt machen sie uns alle tot!“ Das hatte im Keller Panik ausgelöst, denn bis zu dieser Nacht hatte das Dorf keine Bomben erlebt. Am nächsten Tag, als das Dorf noch brannte, war „Weißer Sonntag“. Für das Dorf war es ein schwarzer Sonntag. Menschen hatten ihr Leben verloren. Meist Frauen und Kinder, weil die Männer irgendwo noch einen aussichtslosen Kampf kämpften. An vielen Häusern wurde noch gelöscht, als die Sonne an diesem „schwarzen Sonntag“ schon wieder unterging. Die Flieger hatten auch die Kirche als Ziel angeflogen. Da hatte sich die Mutter schützend über ihn und seinen Bruder geworfen. Aber er hatte ihre Angst und Ohnmacht gespürt. Seit dieser Nacht hatte er den Glauben an die Allmacht der Erwachsenen verloren. Gegen Bomben konnte ihn auch der Körper der Mutter nicht schützen. Und auch nicht die Gebete der Frauen und alten Männer. Das Kirchendach stand bald in Flammen und drohte in die Kirche zu stürzen. Als die Brandgase durch die Heizungsschächte auch in den Kirchenkeller zogen und sich dort ausbreiteten, mussten die Menschen evakuiert werden. Sie flohen in die wenigen noch nicht getroffenen Höfe, in der Hoffnung, dass die Flieger nicht noch einen Angriff gegen das Dorf flögen, in dem es keine Soldaten mehr gab. Nachdem sie den Keller verlassen hatten, zog die Mutter ihn, den kleineren Bruder auf dem Arm, in einen naheliegenden Stollen, der einigermaßen sicher schien. Die Kirche hinter ihnen war eine riesige Fackel, von innen durch das Feuer erleuchtet, die Fenster zum Teil schon zerbrochen, aus dem Dachstuhl loderten riesige Flammen. Der Junge konnte sich von diesem Anblick nicht lösen. Ständig wandte er sich um. Aber die Mutter in ihrer Angst drängte zur Eile. Er riecht das brennende Holz bis heute, wenn er den Geruch von Feuer in die Nase bekommt. Viele Fenster am Hof des Großvaters sind noch mit Pappe verklebt, denn neue Glasfenster sind nicht nur teuer, sondern vorerst kaum zu bekommen. Wie viele Fenster hat dieser Krieg zerstört!

Inzwischen ist der Onkel wieder aus dem Hof getreten. Er legt einen Leinensack auf den Wagen und eine in eine Wolldecke eingehüllte Blechkanne mit Kaffee. Dazu eine Flasche Wasser. „Ich hoffe, dass du nicht verhungerst und verdurstest“, lacht der Onkel. Dann bittet er den Jungen, die Pferde noch einen Augenblick zu halten und geht noch einmal ins Haus zurück. „Nicht zu stramm anziehen“, ruft ihm der Onkel noch eindringlich zu. „Soll er nicht doch besser zu Hause bleiben? Am Ende ist er dir nur im Weg“, fügt die Mutter hinzu, die im Hoftor stehen geblieben ist. „Ich kann ihn gebrauchen“, sagt der Schwager, dann erinnert er sich: „Er wird mir helfen.“ Er lacht und verschwindet im Haus. Die Mutter ruft dem Jungen zu: „Halte dich gut fest! Tu alles, was er dir sagt! Ich will heute Abend keine Klagen hören.“ Dann kehrt sie ins Haus zurück. Der Junge bewegt sich leicht, als wolle er diese Ermahnungen einfach abschütteln.

Inzwischen hat sich in der Nachbarschaft eine Haustüre geöffnet. Der Junge hört eine Frauenstimme: „Komm zurück! Kommst du wohl zurück! Komm zurück!“ In der Türe erscheint zunächst schnüffelnd ein Hund, ein kleiner weißer Hund, ein Spitz, der sich nicht um die Rufe kümmert. Hinter ihm in den Türrahmen treten eine Frau und ein Mann. Sie verabschieden sich. Der Mann steigt die hohe Treppe hinunter und öffnet das Vorgartentor. Für den Hund ist das eine Einladung, auf die Straße zu laufen. Wieder ruft die Frau ihn zurück. Aber er läuft weiter und erfreut sich seiner plötzlichen Freiheit, wobei er leise vor sich hin bellt – mehr aus Lebenslust als zornig, wie dem Jungen scheint. Er mag den weißen Hund mit seiner roten Schnauze nicht. Einmal wurde er von einem kleinen Hund gebissen. Seitdem hasst er kleine Hunde; er hält sie für hinterhältig. Jetzt, auf seinem Wagen, fühlt er sich sicher, aber er hofft, dass der Hund bald den Rufen der Frau folgt und wieder im Haus verschwindet. Doch der Mann hat sich am Gartentor noch einmal umgedreht, und es entsteht erneut ein kurzes Gespräch. Für den Hund ist das erneut freie Zeit.

In diesem Augenblick wird die Mittagsstille durch lauten Motorradlärm unterbrochen. Eine Militärmaschine, wie der Junge sofort hört. Ein Soldat in der Uniform der Besatzungsmächte, wie ihm der Onkel später erklärt, taucht auf. „Die machen, was sie wollen“, sagt der Onkel. Nicht oft fahren sie durchs Dorf, aber wenn sie erscheinen, verschwinden die Bewohner schnell von der Straße und ziehen sich zurück. Jetzt ruft die Frau wieder: „Spitz, komm zurück!“ Sie muss sich anstrengen, um gegen den Lärm der Maschine anzukommen. Ihre Stimme klingt jetzt schrill und ängstlich. Der Hund springt währenddessen neben dem Motorrad her und begleitet es mit seinem Kläffen. Weil er befürchtet, dass der Lärm die Pferde unruhig macht, zieht der Junge die Zügel an. Er spürt gleichzeitig, wie etwas Unheimliches in der Luft liegt. Vor den Pferden hat der Soldat das Motorrad abgebremst und ist abgestiegen. Er bockt die Maschine auf und geht langsam um das Gefährt herum. Der Hund springt einige Meter zurück, bellt aber wütend unvermindert weiter. Die Frau begreift als Erste, was jetzt geschieht. Sie hält sich am Gartenzaun fest und schreit den Soldaten an: „Er tut nichts! Er beißt nicht!" Der Junge sieht, wie der Mann seine Pistolentasche am Ledergurt ein wenig nach vorne schiebt, sie öffnet, ihr die Pistole entnimmt, sie entsichert und auf den Hund richtet. Die Handgriffe des Soldaten sind ohne jede Hast. „Er tut dir nichts", schreit die Frau noch einmal.

Drei Schüsse fallen. Beim ersten macht der Hund einen kleinen Sprung, fällt zur Seite und bleibt dann liegen. Sein Fell färbt sich an drei Stellen rot. Der Soldat steckt die Pistole wieder ein, schließt die Tasche, schiebt den Gürtel nach hinten, tritt das Motorrad an, besteigt die Maschine und fährt weiter. Hinter dem Jungen sagt jemand: „Mann! Du Arschloch" und dann zu dem Jungen: „Los, gib mir die Zügel!" Der Onkel hat sich neben ihn gesetzt. „Hopp!", ruft er. Die Pferde ziehen an, und der Wagen fährt. Er rollt an einem kleinen weißen Hund vorbei, der langsam ausblutet. Als der Junge zurückschaut, sieht er, wie sich die Frau und der Mann dem toten Tier nähern, es aufheben und an den Pfoten haltend wegtragen. „Schau nicht hin!", sagt der Onkel neben ihm. „Manche haben noch nicht kapiert, dass der Krieg offiziell beendet ist."

Als sie abends vom Feld heimkommen, entdeckt der Junge im Nachbargarten einen kleinen frischen Erdhügel. Er bleibt einen Augenblick am Zaun stehen und blickt zu dem Hundegrab hinüber. Dann öffnet er seine Tasche, nimmt das Holz heraus und wirft es auf das Grab. Er weiß, dass Hunde mit Holzstücken spielen und sie zurückholen, wenn man sie wegwirft. Bald hört er die Stimme der Mutter, die ihn ins Haus ruft. Er wendet sich vom Zaun ab, quert langsam die Straße und geht aufs Hoftor zu. Vorbei an ein paar weißen Hundehaaren, die in getrocknetem Blut kleben.

Weißer Sonntag 1945

Vor meinem Auge stehen
alte Fachwerkhäuser
Die Dörfler bereiteten
sich auf Ostern vor
Es war Frühling
    in den Gärten zeigte sich
    das erste Grün
Und mit ihm kamen
Panzer und pflügten
Straßen und Gärten

Die Menschen schützten sich
vor Bomben und Bränden
in Kellern und Höhlen
und ketteten sich
    an Rosenkränze
mit bittenden Gebeten
bis im Flammenorkan
der brennenden Kirche
die Glocken in der Nacht
zum Weißen Sonntag
    zersprangen

Da gab es ein Schweigen
        und Zweifeln
ob denn *der da oben*
überhaupt noch wüsste
was hier unten los sei

Nach dem Feuersturm
bauten sie Häuser und Kirche
        wieder auf
Das Fragen nahm ein Ende
und Überlebende dankten Gott
        mit neuen Glocken
für wunderbare Rettung

Bödefeld im Sauerland/Westfalen hatte bis in die Nacht zum Weißen Sonntag 1945 (7./8. April) keine große Bombardierung erlebt. Am Samstag und in der Nacht zum Weißen Sonntag, „dem blutigen Weißen Sonntag", zerstörten amerikanische Bomber große Teile des Dorfes, das mit seinen Fachwerkhäusern dem Feuer reichlich Nahrung gab.
1.829 Soldaten und 336 Zivilpersonen wurden in den Apriltagen 1945 im Bödefelder Land durch Kriegshandlungen getötet.

Die Heimkehr – oder: Ende einer Gefangenschaft

Sie erheben nicht das Schwert, Nation gegen Nation, / und sie erlernen nicht mehr den Krieg. Jes 2,4

Die Birne in der Deckenlampe flackerte einen Augenblick, dann erlosch sie.

„Sie haben wieder den Strom abgesperrt. Wie oft noch? Immer abends", stöhnte die junge Frau. „Hoffentlich müssen wir jetzt nicht wieder stundenlang warten und im Dunkeln sitzen. Wir haben kaum noch Kerzen. Und außerdem sind sie teuer und kaum zu haben."

Der Junge hörte, wie sich die Mutter am Küchentisch entlang zum Schrank tastete, die Schublade öffnete, herumkramte und offenbar nach einer Kerze suchte. Es dauerte eine Weile, bis sie die Kerze gefunden hatte. Ein Streichholz flammte in der Nähe des Jungen auf. Er roch den Schwefel, und plötzlich war die Erinnerung an das brennende Dorf wieder da.

Zwei Jahre nach Ende des Krieges war die Mutter in ihre rheinische Heimat zurückgekehrt. Sie lebte jetzt mit ihren zwei Kindern wieder bei ihren Eltern, die den Krieg unverletzt überstanden hatten. In einer Dreizimmerwohnung erwartete sie mit den beiden Alten die Rückkehr ihres Mannes, von dem sie wusste, dass er in englische Gefangenschaft geraten war. Über einen damals üblichen Volksempfänger hatte sie noch während des Krieges, immer geschützt durch ein über den Kopf gestreiftes großes Tuch, die deutschen Nachrichten der Engländer gehört – ein gefährliches Tun, denn natürlich war das, wie vieles, unter Todesstrafe verboten. Die Spitzel des verbrecherischen Systems fragten gerne bei den gesprächigen Kindern nach. „Das darfst du keinem erzählen", hatte die Mutter ihrem Ältesten eingeprägt. „Das ist unser Geheimnis." Überhaupt hörte der Junge schon früh, noch während des Krieges, diese *Sperrklausel* „das darfst du niemandem erzählen", weil bei den Mahlzeiten immer sehr kritisch über politische und militärische Nachrichten gesprochen wurde. Entsprechend lauteten die Gebete für die vielen heimatlos gewordenen Menschen und den *Papa* in englischer Gefangenschaft.

Auch wenn der Junge noch nicht ganz ermessen konnte, worüber die Großen sprachen, die Ängste der Erwachsenen hatte der Junge gespürt und nicht vergessen. Er nahm sie mit in sein Leben.

Dem Jungen gegenüber am Küchentisch saß der Großvater. Zwischen ihnen lag ein „Mensch-ärgere-dich-nicht-Spiel". Der alte Mann hatte schon drei kleine Figuren ans Ziel gebracht, der Junge erst eine. Er spürte die Versuchung, sich schnell bei dem schwachen Licht einen Vorteil zu verschaffen, weil er wusste, dass der Großvater nicht mehr gut sehen konnte. Er würfelte.

„Wie viel?“, fragte der alte Mann.

„Sechs“, sagte der Junge und schob seine zweite Figur ins sichere Feld. „Sechs“, betonte er noch einmal und würfelte erneut. Bei sechs Augen auf dem Würfel entsprach die Wiederholung den Spielregeln. Der Großvater war wegen seiner schwach gewordenen Sehkraft darauf angewiesen, dass der Junge ihm das Ergebnis seines Würfelns mitteilte. Und bei dem schwachen Kerzenlicht hatte der alte Mann überhaupt keine Chance, das Ergebnis zu überprüfen.

„Ich bereite jetzt das Abendessen vor“, sagte die Mutter.

„Wir haben nur noch etwas Milch und Haferflocken. – Das muss für heute reichen“, seufzte sie dann. „Außerdem brauche ich noch etwas für den Kleinen, der sich später sicher noch einmal melden wird.“ Sie horchte in Richtung Schlafzimmertüre und ermahnte alle, leiser zu sprechen, damit das Kind nicht erwachte.

„Schon wieder Milchsuppe“, ließ sich die Stimme der Großmutter vernehmen, die bis dahin geschwiegen hatte.

„Wie viel Brot ist denn noch da?“, wollte sie wissen.

„Wir haben nur noch ein Stück Brot für Morgen“, antwortete die Mutter mit schwerer Stimme. Sie trat an den Brotkasten und betrachtete den Brotlaib. „Ich hoffe, dass der Bäcker morgen wieder frisches Brot hat. Aber sicher ist das nicht. Und oft hat er nur dieses pappige Maisbrot, das nicht schmeckt und so schwer im Magen liegt.“

Die Erregung in der Stimme der jungen Frau war nicht zu überhören.

„Wir werden schon nicht verhungern“, beruhigte sie die alte Frau, die neben dem Herd saß. Aber auch in ihrer Stimme lag Sorge, denn in jenen Jahren nach dem großen Krieg lebte man von Tag zu Tag, nichtwissend was der nächste brachte.

„Wie soll das nur weitergehen?“ Die Großmutter atmete tief. Der Junge hörte sie dann murmeln und wusste, dass sie dabei die Perlen des Rosenkranzes durch ihre Finger gleiten ließ. Meist saß sie abends bei Anbruch der Dunkelheit an dieser Stelle und betete halblaut vor sich hin. Oft kam es vor, dass die alte Frau einfach die Deckenbeleuchtung ausschaltete und alle aufforderte, mit ihr zu beten: „Damit dein Vater bald aus der Gefangenschaft entlassen wird und gesund zu uns zurückkommt“, sagte sie dann zu dem Jungen gewandt und nickte sich selbst zu.

Danach war immer ein Augenblick Stille, und manchmal meinte der Junge ein leises Weinen zu vernehmen, aber er war sich nicht sicher.

„Lies ihm ein Märchen vor", hörte er jetzt die Mutter mit leiser Stimme sagen. Sie war an den Herd getreten und hatte ein paar Ringe aus der Herdplatte gehoben. Das jetzt offene Feuer gab dem gesamten Raum sofort ein bewegtes Licht. Sie zog den Kohlenkasten nach vorne und holte ein paar dünne Holzscheite heraus, die sie vorsichtig in die Glut legte. Für einen Augenblick wurde es hell; die Späne knisterten und verbreiteten einen leichten Harzgeruch, der sich in der ganzen Küche ausbreitete.

Der Junge hatte den Tisch und das Spiel verlassen und war in die Nähe des Ofens gekommen. Er bückte sich, holte ein Fußbänkchen unter dem Schrank hervor und setzte sich zu Füßen der Großmutter. Der drei Jahre jüngere Bruder, der in einer Ecke der Küche mit Holzklötzen gespielt hatte, setzte sich neben ihn.

„Wir sind mit dem Spiel noch nicht am Ende", sagte der Großvater hinter ihm – deutlich ärgerlich.

„Ich habe keine Lust mehr", entgegnete der Junge, der ihm den Rücken zukehrte und sich nur kurz umwandte.

„Du hättest verloren", murmelte der Alte und

schob mit einer Armbewegung die kleinen Spielfiguren zusammen. „Es ist immer dasselbe mit dir: Wenn du siehst, dass du verlierst, hast du keine Lust mehr und hörst auf. – Nächstens stehe ich nicht mehr zur Verfügung", ergänzte er dann. „Dann kann mit dir spielen, wer will. Mit mir jedenfalls nicht." Er wandte sich an seine Tochter: „Er muss lernen zu verlieren, sonst wird er es schwer im Leben haben!"

„Ihr könnt weiterspielen, wenn das Licht wieder kommt", wehrte die junge Frau ab. „Jetzt siehst du doch nichts mehr. Und ihr werdet euch nur streiten." Sie setzte sich an den Tisch und schwieg. Auch der alte Mann schwieg, aber sein Blick ging nicht gerade freundlich in Richtung Tochter.

Die Großmutter war inzwischen noch näher an den Herd gerückt. Dadurch bekam sie eine zusätzliche Lichtquelle, die ihr es möglich machte, dem Jungen vorzulesen.

Von seinem Sitz vor der Großmutter und neben dem Bruder mit nach oben gerichtetem Blick beobachtete der Junge fasziniert die Licht- und Schattenspiele, die durch das offene Herdfeuer entstanden.

Die Mutter gab der alten Frau ein kleines Buch und eine Brille. Die Großmutter hielt das Buch gegen das offene Feuer, der Junge lehnte seinen Kopf an das Knie der alten Frau und sagte: „Die goldene Gans!“ Dabei beobachtete er unverwandt die vom Feuer erleuchtete unruhige Zimmerdecke.

Die Großmutter hielt den Rosenkranz noch immer zwischen den Fingern, auch als sie das Märchenbuch aufschlug. Vom Tisch, im Halbdunkel, murmelte der Großvater ein paar unverständliche Worte, die deutlich ärgerlich waren, aber den Jungen und offenbar auch die beiden Frauen nicht störten. Die Mutter war aufgestanden und machte sich am Schrank zu schaffen, um die Milchsuppe vorzubereiten. „Wie oft willst du die Geschichte noch hören“, fragte sie über den Rücken. Doch der Junge wiederholte noch einmal bestimmt: „Die goldene Gans!“ Die alte Frau blätterte einige Zeit in dem offensichtlich alten Märchenbuch, das ihr zum Schulabschluss eine Lehrerin geschenkt hatte, wie die Widmung auf der ersten Seite zeigte: *Für Julchen Zimmermann*. Dann begann sie vorzulesen.

Die Deckenlampe leuchtete plötzlich einige Male kurz auf und blieb dann brennen.

„Oh, sie haben sich heute aber beeilt“, sagte die junge Frau erleichtert. „Hoffentlich war das heute Abend das letzte Mal, und wir haben den Rest des Abends genug Licht!“

„Bitte, mach das Licht aus und lass die Kerze noch brennen“, bettelte der Junge. Dann hob er den Kopf zur Großmutter empor und bat sie, weiterzulesen. Offenbar hatte er Sorge, die Lesung würde nun abgebrochen.

„Wir müssen Kerzen sparen“, erklärte die Mutter. „Sie sind kaum im Geschäft zu haben. Und außerdem brauche ich jetzt die ganze Herdplatte, um die Milch heiß zu machen.“

Sie schob die Ringe zurück und stellte den Milchtopf darauf.

Währenddessen las die Großmutter langsam und betont weiter.

Der Junge hatte die Augen geschlossen, als wollte er die halbdunkle Welt mit den Lichtspielen an der Zimmerdecke, die er beim Zuhören nicht aus den Augen gelassen hatte, noch eine Weile festhalten. Neben ihm war der kleine Bruder schon eingeschlafen. Die Mutter zögerte einen Augenblick, dann trug sie das schlafende Kind ins Nebenzimmer ins große Doppelbett, in dem sie und die beiden Jungen schliefen.

Der alte Mann hatte sich inzwischen von seinem Stuhl erhoben und begann, den Tisch zu decken. Lauter als nötig verteilte er umständlich Teller, Tassen und Löffel auf dem Küchentisch und ließ so noch einmal alle seinen deutlichen Unwillen am Spielabbruch hören. Ab und zu knurrte er ein Wort, das wie „Muttersöhnchen“ klang, und warf dabei den Frauen und dem Jungen einen unfreundlichen Blick zu. Die Tochter tat, als hörte sie nicht zu und rührte die Milchsuppe, die sie langsam aufkochen ließ. Die Milch durfte keine Haut ansetzen, weil der Junge sich dann weigerte, sie zu essen. Und die beiden Alten mochten sie mit „Fellchen", wie sie sagten, auch nicht. Aber in diesen Zeiten ...

„Wasch dich und zieh schon einmal den Schlafanzug an. Nach dem Essen noch die Zähne geputzt und dann ab ins Bett – aber leise!" Sie blickte kurz auf die Zimmertüre, hinter der der Jüngste schon einige Zeit schlief. Diese Anweisungen der Mutter duldeten keinen Widerspruch, und der Junge stand auch gleich am Waschbecken, an dem er umständlich herumhantierte – offenbar wollte er noch Zeit gewinnen.

Die Mutter blickte unruhig auf die Küchenuhr: „Heute ist wieder keine Post von ihm gekommen", sagte sie dann zu den beiden Alten. Ihre Stimme klang enttäuscht. „Wann lassen die Engländer sie endlich frei?" Sie schmeckte die Suppe ab und stellte sie auf den Tisch.

„Beeil dich", sagte sie dann, „sonst ist die Suppe kalt und schmeckt dir nicht." Sie blickte zum Waschbecken und ergänzte dann: „Brauch nicht so viel Seife! Erst nächste Woche gibt es wieder eine Lieferung, haben sie im Geschäft gesagt. Bis dahin muss sie reichen!"

Die Großmutter hatte sich währenddessen von ihrem Sitz erhoben und den Stuhl an den Tisch gerückt. Das Märchenbuch legte sie sorgsam auf eine große Holzkiste. Dabei fiel der Rosenkranz zu Boden, sie bückte sich schnell, hob ihn auf und ließ ihn irgendwo in ihrer Schürze, die sie immer trug, verschwinden.

„Ob er dadurch einen Tag früher kommt?“, wagte die junge Frau zu sagen.

„Du sollst die Hoffnung nicht aufgeben“, antwortete die alte Frau. „Du weißt, dass er lebt. Und in den letzten Tagen haben die Nachrichten immer wieder von Entlassungen gesprochen – besonders bei den Engländern.“

Die Mutter sprach ein kurzes Tischgebet und schöpfte dann die Milchsuppe auf die Teller, die ihr der Großvater hingestellt hatte.

Der Junge machte ein hastiges Kreuzzeichen und begann sofort die Suppe zu löffeln, ohne noch weiter auf die Erwachsenen zu warten.

Die Mutter sah ihm einen Augenblick unwillig zu und ermahnte ihn dann: „Iss nicht so hastig.“

Das Geräusch der Flurschelle kam unerwartet.

„So spät?“ Die junge Frau runzelte die Stirne, stand auf und ging zögernd auf den Flur hinaus.

„Wer besucht uns denn noch so spät?“, sagte der alte Mann und horchte den Schritten seiner Tochter nach, die er zur Haustüre hinabgehen hörte. Dann aß er weiter. Einen Augenblick konnte man sein Schlürfen vernehmen.

„Iss nicht so laut“, mahnte ihn die alte Frau, „du gibst dem Jungen kein gutes Beispiel.“

„Lass mich in Ruhe“, knurrte der alte Mann und bewegte sich über seinen Teller gebeugt keinen Zentimeter zurück. Der Junge blickte den Großvater herausfordernd an. Schadenfreude lag in seinem Blick.

„Ich höre nichts“, sagte die Großmutter, „wer kommt um diese Zeit noch zu uns?“

Doch dann knarrte die Treppe unter mehreren Schritten.

„Wer mag das sein? Sie kommt nicht alleine die Treppe herauf.“ Die alte Frau blickte gespannt zur Türe. Auch der Junge hatte aufgehört zu essen und seinen Löffel hingelegt. Er starrte mit großen Augen zur Türe. Spannung lag in der Luft. Nur der Großvater löffelte weiter, wobei immer etwas vom Inhalt des Löffels auf den Teller zurückfiel.

Leise wurde an die Türe geklopft. Die alte Frau rief fast erstaunt: „Herein“ und stand auf. Die Türe öffnete sich langsam und zögernd. Im Rahmen stand ein großer hagerer Mann. Sein grauer Soldatenmantel reichte ihm fast bis auf die Schuhe.

Er war unrasiert. Das gab ihm ein fast schmutziges Aussehen.

„Wilhelm", schrie die alte Frau auf. „Wilhelm", wiederholte sie noch einmal. Dann begann sie zu weinen.

„Wilhelm", sagte jetzt auch der alte Mann und erhob sich mühsam von seinem Stuhl.

Hinter dem Mann im Türrahmen wurde nun auch die junge Frau sichtbar. Ihre Augen waren gerötet, ihr Hals zeigte rote Flecken, die sie immer bekam, wenn sie sich aufregte. Mühsam versuchte sie, sich zu beherrschen. Erschrocken blickte der Junge auf den Fremden.

„Dein Papa ist wieder da", sagte die alte Frau, und der Junge spürte die Erregung in ihrer Stimme. „Ja, dein Papa ... Ach, Gott, Wilhelm, wie mager du aussiehst. Der Junge kennt dich sicher nicht wieder. Jesus, Maria, Josef – wer hätte das gedacht. Heute Abend ..." Dann brach ihre Stimme, und sie begann laut zu weinen.

Die Mutter schob sich nun an dem Mann vorbei, der immer noch im Türrahmen stand, und ging auf den Jungen zu. „Ja, Papa ist endlich wieder da!", sagte sie mit heiserer Stimme. Sie griff nach der Hand des Jungen, der aber zog sie zurück und verbarg sie in seiner Hosentasche.

„Komm!", flüsterte die Mutter liebevoll. „Sag' ihm, dass du dich freust."

Aber der Junge starrte unverwandt auf den Mann. Dann warf er sich in die Schürze der Mutter und verbarg darin sein Gesicht. Die Frau spürte sein Zittern. Sie streichelte seinen Kopf und flüsterte leise: „Komm, jetzt wird alles gut!“

Dann versuchte sie ihn aus den Falten der Schürze und ihres Rockes zu lösen, aber der Junge vergrub sich nur noch tiefer in sie hinein und wagte nicht, sich umzuschauen.

„Er tut dir nichts“, beruhigte die Mutter, „er hat dir sicher auch etwas mitgebracht.“

Der Mann war inzwischen ins Zimmer getreten und hatte leise hinter sich die Türe geschlossen. Er stellte einen großen schäbigen Seesack auf den Boden und begrüßte die beiden Alten. Er tat das stumm. Auch in seinen Augen standen Tränen. Dann wandte er sich seiner Frau und dem Jungen zu, der sich immer noch an die Mutter klammerte.

„Lass ihn!“, sagte er leise. Das waren seine ersten Worte. Sie klangen rau, als habe er lange nicht gesprochen. „Er wird schon noch auftauen. Mein Gott, wie groß du geworden bist. Vier Jahre habe ich dich nicht gesehen ... Eine lange Zeit“, sagte er dann.

„Ja, es war eine lange Zeit“, antwortete die Mutter und streichelte wieder den Kopf des Jungen. „Am Anfang hat er dich sehr vermisst und oft nach dir gefragt. Später wurde das seltener. Nur wenn ein Brief von dir kam ... ‚Vom Papa', rief er dann und hielt den Brief wie ein Fundstück hoch."

Der Mann legte nun den grauen Soldatenmantel ab und warf ihn über einen Stuhl.

„Wir haben noch etwas Milchsuppe", sagte die alte Frau, „mehr haben wir heute Abend nicht."

„Ich habe Kakao mitgebracht", sagte der Mann. „Und wie wär's mit einem Stück Schokolade?"

„Kakao! Schokolade? Wie lange haben wir keine Schokolade mehr getrunken?" Die alte Frau seufzte tief bewegt.

Nachtrag: Auf Grund der Zimmerzuweisung, die sich in jenen Nachkriegsjahren entsprechend der Personenzahl der Familie richtete, bekam die Familie durch die Rückkehr des Vaters ein Zimmer mehr. In den folgenden Tagen wurden in diesem Zimmer zwei Betten aufgestellt. Der Junge und sein Bruder mussten das Bett neben der Mutter, das Ehebett, in dem sie über ein Jahr geschlafen hatten, für den Vater und Ehemann räumen. „Jetzt habt ihr ein eigenes Zimmer. Freut euch!", befahlen die Erwachsenen.

karsamstag in kriegszeiten

in den mundwinkeln der redner
wortreste von heimat und opfer
die politischen gespräche
kreisen vollmundig
um schwere waffen
und die möglichkeit
        von sieg

das vielbeschädigte wort *leben*
hat sich zurückgezogen
hinter eine schützende stirnwand
und wartet auf seine sendung
mit kugelsicherer weste
in eine bleibend bedrohliche welt

voller lüge und gewalt

reichsbürger

noch proben sie. sprechen von bürgerlichen
tugenden gehorsam z. b. und sauberkeit
ihre zunge ölen sie mit giftigem blödsinn
den sie ausspucken mit großer gebärde
vorerst marschieren noch wenige mit parolen
in dumpfem gleichschritt und belagern
unsere ohren aber der lärm wird größer
und mit wachsender dunkelheit lügen sie
lästige erinnerungen weg: sie sagen
wir hätten viel zu lange an die brust geschlagen
und gestammelt

nostra culpa

sommerlicher abgesang

wir sagen: der sommer hat erst angefangen

aber die nacht frisst sich schon wieder in den tag
an den rändern verliert sein widerstand an kraft
wir durchfeiern die noch kurze dunkelzeit
und verpassen das erwachen der vögel
zelten noch in unseren träumen und sehen nicht
die tiefen schatten um unsere schläfrigen augen

die nachrichten am morgen melden
angriffe auf geflüchtete

Zeitenwende

Du kannst die Zeiten drehen und wenden
Wenn du noch Kraft hast hinzuschauen
Am Rand zeigen sie dir zerstörte Häuser
Herumliegende Glieder und halbe Körper
Ölverschmierte Straßen mit langer Blutspur
Und tiefe Furchen durchwühlt von Panzerketten
Und dahinter das schwarze Schweigen
Und darin verhärtete Herzen tränenlostrocken

Haben wir den Kommenden nicht mehr zu bieten
Als Todseilschaften zwischen Himmel und Erde

Nachts beim Schein der Leuchtkäfer
Werden zerrissene Körper gewaschen
Damit die Totenhemden fleckenlos sind
Ein paar Blutspritzer eingeschlossen
Alles andere regelt sich unter der Erde
Auf das wir keinen Einfluss mehr haben

Zeit im Jahr

das neue jahr

anhauchen
mit unserem
kleinen atem
es taufen auf
SEINEN
NAMEN

JESUSJAHR
erinnerung
an SEINE worte
SEIN heilen

sich wieder
und wieder
ERINNERN
bis sie durchbricht

SEINE vision
vom LICHT
vom ende
der nacht

januarfrage

wann endlich kommt der erste schnee
der mich hinaustreibt mit warmer mütze
über beide ohren in den hellen winter
vielleicht finde ich eine vergessene krippe
die mich schützt vor der nachricht
dass schon wieder jemand gestorben
oder ich treffe einen menschen
der ein trostwort braucht
das mir partout nicht einfallen will
weil ich mich im dunklen labyrinth
meiner eigenen bilder nicht zurechtfinde
und mit unruhigem herzen
den versteckten ausgang suche ...

am ende des winters

wenn die zugvögel wiederkommen
wenn es hoch in der luft rauscht
wenn es sich lohnt nach oben zu schauen
wenn du den schwarzen pfeil fliegen siehst
wenn du ihre schreie hörst
        die freude auf das bald erreichte ziel
wenn du dich wieder dem leben zuwendest
wenn du dein selbstgeschaufeltes grab verlässt
wenn du den tod ins schattenreich bannst

wenn deine erwachten augen
wieder dem wachsenden licht trauen
wenn dir an allen ecken farben leuchten

wenn gott dir wieder der rede wert ist

dann reibe die hände und schreibe
in den restschnee das eine wort

DANKE

frühlingsahnen im märz

die erde erwärmt sich schon wieder und gibt
die ersten blumen frei die auf diesen auftritt
bereits gewartet haben. das gesicht des parks
bekommt wieder farbe. die starre meiner
gedanken
löst sich und die dunklen monde geistiger
trockenheit

finden unter der sonne neu ins wort

versuchsweise oder: neue freiheit

die ausgangssperre aufgehoben
        versuchsweise
aber es gibt keinen frühling
        versuchsweise
und kein wachsen *mal sehen*

erst einmal an der frischen luft
geht das blühen los
die auferweckung nimmt
        fahrt auf
täglich wächst das licht
und kein nachtwächter
kann es ins dunkel
        zurückdrängen
der kern der botschaft ist

taglichtes leben

Abend im Frühsommer

Der Tag gibt noch nicht auf
die Nacht zögert zu kommen
Alles deutet auf einen kurzen Kampf

Befreit aus der Gefangenschaft
des Redens finde ich ins
abendliche Schweigen

Bilder eines reichen Tages
irrlichtern hinter meinen Lidern
Ein letzter Vogel erlöst den Tag

Und ich sitze und warte bei
herunterbrennender Kerze
als wenn noch etwas käme

Es ist Sommer …

Ein Heer singender Lerchen
treibt Licht in verdunkelte Zeiten
Ihr trillernder Morgengesang
streift den alten Gottesacker
und verwandelt scheinbar Endgültiges
Schon in der Nacht haben sich
die Kelche der Blumen geöffnet

Es ist Sommer
Es ist die Zeit
blühender Rosen

herbstzeit

der wind kam wieder an diesem abend
als ich ihn hörte dachte ich sorgenvoll
        an bäume und sträucher
die sich jetzt biegen und beugen müssen

mir fallen in dieser sturmnacht
auch mächtige der kirche ein
die keine ruhe finden bis sie in ihr
einen ersten platz erreicht haben

nur in der verantwortung
für die sünden der kirche
treten sie demütig zurück

abendstimmung
mit mond

der alte nachtwächter
lässt sich hängen
sein licht liegt müde
und kraftlos in den bäumen
er hat schon genug gesehen
an diesem trüben abend
ein augenblick genügte
um sich abzuwenden

lange vorbei die zeiten
als der dichter noch im lied
des kranken nachbarn gedachte*

* *T. Matthias Claudius, 1779, Der Mond ist aufgegangen, M. Johann Abraham Peter Schulz, 1790.*

Zeit des Lebens

die zeit …

öffnet dir nicht alle türen
nur eine wurde vor dir aufgetan
durch die du die welt
        betreten hast
jahre und tage sind dir bemessen
in denen du von abschied
zu abschied gegangen bist

dein haus ein ewiges zelt
in dem das wort
aufbruch
wohnrecht hat

und auch mit dem letzten zelt
ist der weg nicht vollendet

Nicht zu spät …

Das Ganze deiner Geschichte
wirf in die Waagschale
alles Überflüssige
und das wenige Notwendige
einfach alles ohne zu werten
mögen andere streiten
was wichtig und unwichtig

Sich zu vergleichen
mit den Großen
bringt nichts
du müsstest noch
viele umbringen und
einige Kriege führen
(die Geschichte ist voll davon)
ehe sie auf dich aufmerksam
würden

Im Übrigen erinnere dich
dass der, der seinen Gott
sterbend anschrie

in ihren Büchern
nicht vorkommt

altes schuhwerk

er hätte sie längst entsorgen können
aber er liebte diese schuhe
mit ihren abgelaufenen sohlen
und neuerdings mit löchern
und hässlichen flecken
auf hellem leder
          aber er hatte in ihnen
am see von tiberias gestanden
und in dem alten buch gelesen
das eine andere welt entwarf und
einen großen frieden beschrieb
wie ihn seine welt
bewaffnet bis unter die zähne
nicht kannte und auch
in naher zukunft

nicht schaffen würde

schwieriges verstehen

ich erwarte besuch
er kommt und schaut mich an
ich eröffne das gespräch
ich rede mich um kopf und kragen
        er schweigt
am ende schweige auch ich

jetzt verstehen wir uns

der regen

hat keine besondere botschaft
für mich an diesem tag
es regnet
aus der dachrinne höre ich
eine für die jahreszeit
zu traurige melodie
und lese in die pfütze
vor meiner türe
wasweißich hinein
es regnet
und so warte ich
auf die stille der nacht
wenn der wind sich gelegt
und der regen
sein eintöniges lied
ohne viel lärm beendet
aber auch die nacht
schweigt mich nicht an
es regnet

nach einer staroperation

mit neuen augen ...
sehe ich viele farben
der dornbusch brennt an vielen ufern
ich sehe das weiß seiner blüten
ich sehe das blau der hyazinthen
verborgenes löst sich aus seinem grau
die welt ist bunt und voller neuigkeiten
blicke ich in DEINE richtung
sehe ich bei genauerer betrachtung
den himmel offen

Geistliche Begleitung

Für M

Ich hatte dich gebeten
mir zuzuhören
Ich nahm deine Zeit und begann
zu erzählen. Durchs Fenster kam
der laute Bahnhof
Meine Bilder waren dunkel
wurden heller mit der Zeit
wechselten die Farbe
Wunden wurden sichtbar
Manche heilten andere bleiben
Ich übte unter deinen Augen
eine neue Sprache
die nicht wegsah nicht verachtete
Du hast mich überzeugt
nicht zu werten

Bei anderen wusste
ich das schon. Bei mir nicht
Ich gehe weiter. Deine Stimme
bleibt in meinem Ohr und
dein Lachen – nicht ohne Wärme

Ich kenne jetzt einen Ort
an dem ich Ansehen habe

Und nicht nur mein Kopf

nachtgedicht

unfähig schlaf zu finden
stehe ich auf und beginne
worte zu suchen
um die zeit zu füllen
die mir zufällt

ich staune über den lärm
den die eine fliege macht
die mit mir nachtwache hält
und in immer neuen kreisen
auf mich losstürzt
als habe sie eine dringende
botschaft für mich

die ich aber nicht hören will

In Liesels* Garten

Umdrängt von Gartengrün
Ein reich gedeckter Tisch
Poetischer Sommer
Ohne Gewitterstimmung
Hier herrschen Rosen
Und das freie Wort
Im Dämmer des Schattens
Trinken wir aus vielen Quellen
Sind Wissende und suchen
Grenzworte zum Vielgerede
Über uns schlagen Vögel Krach
Weil wir in ihrer Einflugschneise sitzen
Und ihnen den Futterweg
Zu ihrer Brut versperren
Wir sitzen zwischen zwei Welten
Und tragen schwer
An der Verantwortung
          Für beide

* *Mitglied meiner Lyrik-Gruppe.*

hymne auf einen gezogenen zahn

du hast mir lange geholfen
harte nüsse zu knacken
jetzt wurdest du geknackt
ein kurzes dumpfes geräusch
und vorübergehend blut

täglich sucht dich meine zunge
ich vermisse deinen biss

Älter geworden

Noch stehe ich
vor dem Gang
über den Jordan
blicke staunend zurück
auf viele Wanderjahre
die Landschaften
erschreckend schön

Früher sah ich nur
Schritt für Schritt
        Doch jetzt
zwischen Zeit
        und Ewigkeit
erkenne ich dankbar
über welch’ dunkle Abgründe
ich liebevoll getragen
oder an ihnen behutsam
vorbeigeführt worden bin

Und sollte ich vorher
nicht gefragt werden:
Dem jüngsten Tag
seh’ ich gelassen entgegen

weltraumschrott

gott schickt den regen nicht
gott schickt corona nicht
gottes ganze aufmerksamkeit gilt
dem weltraumschrott
den ihm der mensch mit raketen
vor die türe feuert
so dass es nicht nur täglich chaos
auf irdischen straßen gibt

jetzt stauen sich auch die müden seelen
auf ihrem heimweg
in die himmlischen wohnungen
und können sie nur über umleitungen
und mit großer verspätung erreichen

auf dauer schickt gott
auch keine warnungen mehr
weil das gehör des menschen
schwer geschädigt durch den höllenlärm
und die feuer der raketen
taub für alles prophetische wurde

bahnhofspassage

er sitzt am anderen ende und liest
immer wenn ich zum bahnhof komme
sitzt er auf seiner decke und liest

in der halle sei ihm zu viel betrieb
hier könne er ungestörter lesen

sagt er und vertieft sich wieder
in amerikanische short stories
in denen er sich wiederfindet –

viel autobiografisches fügt er hinzu
und schaut mich kurz an

seit es kalt geworden ist sein platz leer
der oft ungepflegten bahnhofspassage
fehlt nun auch ihr literarisches gesicht

Sprache der Armen

Alle Füllwörter weglassen
stattdessen Worte suchen,
        die sättigen

Bei Lügen die Ohren verschließen,
stattdessen protestieren

Laute Reden kritisch hören,
stattdessen leise Worte wählen

Befehlen den Gehorsam verweigern,
stattdessen Ohren öffnen für Bittende

Schnellen Antworten misstrauen,
stattdessen miteinander Fragen stellen

Die Marschmusik der Krieger stören,
stattdessen Friedenslieder singen

Die Sprache der Mächtigen nicht achten,
stattdessen Liebesbriefe schreiben

Das Geschrei der Werbung überhören,
stattdessen Gedichte lernen

Den Dogmen der Besserwisser
keinen Glauben schenken

Im Schweigen die Antwort ahnen

bei aller liebe

zu gott hatte man ihn nie überredet
deshalb hatte er ihn auch nie geleugnet
manchmal hatte er sich gefragt
welchen sinn sein leben hatte
aber er fand keine antwort
und andere konnten es ihm
auch nicht sagen

vielleicht ist ein leben zu kurz
um eine gottahnung zu bekommen
von zeit zu zeit reichte es ihm
den morgenstern zu sehen
dann spürte er eine sehnsucht

aber er wusste nicht wonach

im wort zuhause

das blut sei der sitz des lebens
hatte er einmal gelernt
und hatte es auch lange geglaubt
aber wenn er daran dachte
wie viel blut in kriegen floss
bekam er zweifel daran und
er fragte sich ob sein leben
nicht im wort zuhause war

quo vadis?

mit allem was du tragen kannst
von deiner kleinen geschichte
der großen dir noch unbekannten
mit prägungen und verwundungen
hohen gedanken ganz niedrigen
mit und ohne tarnkappe

geh aufrecht deinen weg
im horizont des ewigen
begleitet und manchmal allein
keiner geht ihn für dich
ohne dich schaffst du ihn nicht
vollendung ist kein ziel
in dieser durch trübes
          verschatteten welt
behalt deinen hunger nach licht
das dir von weither und ganz nah

als heiliges entgegenleuchtet

fragen über fragen

DU EWIGER
WIR im all ausgesetzt
sternenfern mondnah
ungefragt eingewoben in zeit
wer weiß schon wie das endet
und ob dann noch blumen
auf unseren gräbern blühen
oder gehen wir doch heim
wie früher die tradition sagte
aber wohin und zu wem
DU EWIGER

Dank

Mein Dank gilt Menschen, die mir viel Zeit geschenkt haben:
Margret Beier (†) und Marianne Henkel (90) haben mir oft Mut zugesprochen, meine Gedichte und Geschichten zu veröffentlichen. Von vielen Freunden, die mir ebenfalls zur Seite gestanden sind, nenne ich vor allem Prof. em. Dr. Karl-Josef Kuschel, Universität Tübingen.
Besonderer Dank gilt auch Frau Erika Thoene für die umsichtige Korrektur der Texte, sowie meiner Lektorin Frau Mag. Helene Daxecker-Okon beim Tyrolia-Verlag, die mich bei der Auswahl der Texte und dem Entstehen des Gedichtbandes sehr kompetent und freundschaftlich begleitet hat. Schließlich gilt mein Dank dem Verlagsleiter Herrn Mag. Gottfried Kompatscher der „BEI ZEITEN“ in die Veröffentlichungen des Verlages aufgenommen hat.

MIX
Papier aus verantwortungsvollen Quellen
FSC® C014138

Nachhaltige Produktion ist uns ein Anliegen; wir möchten die Belastung unserer Mitwelt so gering wie möglich halten. Über unsere Druckereien garantieren wir ein hohes Maß an Umweltverträglichkeit: Wir lassen ausschließlich auf FSC®-Papieren aus verantwortungsvollen Quellen drucken und verwenden Farben auf Pflanzenölbasis. Wir produzieren in Österreich und im nahen europäischen Ausland, auf Produktionen in Fernost verzichten wir ganz.

Mitglied der Verlagsgruppe „engagement"

Umschlaggestaltung: Team Stadthaus, Innsbruck
Layout und digitale Gestaltung: Tyrolia-Verlag, Innsbruck
Druck und Bindung: FINIDR, Tschechien
ISBN 978-3-7022-4134-6
E-Mail: buchverlag@tyrolia.at
Internet: www.tyrolia-verlag.at